U0007805

貓咪購物台

貓小姐◎著／繪圖

好戲要開鑼了
還在睡！

3　給貓小姐的兩封信

4　工商服務：星星知我心

5　不再自卑除斑膏

11　Meow-Phone

17　i-Cat貓毛清潔車

18　洗澡警報器

24　行走江湖正露丸

30　黯然銷魂七味粉

31　好奇心滅火器

37　甜言蜜語棒棒糖

43　工商服務：秋季戀歌

44　愈吃愈瘦減重丸

50　不求人開罐器

56　磨來磨去爪無痕

57　貓咪心情顯示器

63　自動扒砂貓爪

69　貓奴遙控器

70　家貓外出GPS

76　貓寶豪宅

82　液晶電視睡翻天

83　工商服務：說貓的壞話

84　隨心所欲隱形罩

90　貓咪行動記錄器

91　公益廣告：TNR

92　客服中心

給貓小姐的兩封信

Dear貓小姐：

　　一口氣看完《貓咪購物台》，笑到眼淚都流出來了，把人類八百年來對貓界的嘲笑，都給牠笑回去惹。是我今年以來笑得肚子最痛的一天。（快給我一顆P24的「行走江湖正露丸」）

　　您真是洞悉人類的把戲，又比人類魔高一丈，最重要的是「貓眼看人細」，竟看出貓奴媽媽的魚尾紋。萬物之靈的寶座，還是換「貓」坐吧，而且一定要「小姐」來坐喔。（快賞我一根P37的「甜言蜜語棒棒糖」吧！）

　　不過，我現在很替你擔憂，你每月主打的商品都有專利賣點，你的GPS指點我

迷津，告訴我哪兒有「交友網站」你的「不求人開罐器」(P50)，讓我不必天天食「嗟來食」。（早知有此利器，我家的老老太婆貓應能含笑而終）

　　但人類腦力日衰、創意枯竭，唯一的本事就是「說貓的壞話」，我擔憂老美CIA、FBI會把你「抓」走，也擔憂阿拉伯世界的朋友會把你「綁」走，這兩個世界都需要你的貓爪來撫慰人心。（乾脆給他們P57的「貓咪心情顯示器」就好！）

有一毛　敬上
（貓奴康錦卿代筆）

Dear貓小姐：

　　我有夢想的，但「天不從貓願」，你知道我的生活……其實就是等吃、等喝、等睡覺。但你畫出我的自卑後，讓我貓胸開朗（請見第5頁）；你寫出我的尊嚴後，也讓我貓心大悅。（請見第69頁）

　　貓頭鷹出版社，這隻掛著貓頭的鷹，不只希望本書紅遍兩岸三地，還想進軍動物星球（外星球啦！非電視頻道），因此賄賂我，叫我把你那不為貓知的那一面，大大地爆出來。

　　貓頭鷹真是擋不住的聰明，怎知你的祕密落在我的手上？無奈我有口難言，咪嗚不得……為何我明白你了解「人、貓」的connection？

　　我只要問：你是貓，還是人？你是走失在貓界的人類，還是不小心遺落在人間的貓？

想一點　愛你唷！
（貓奴康錦卿代筆）

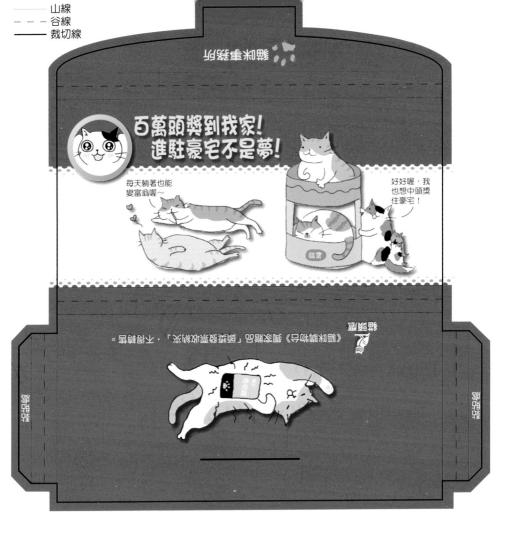

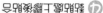

中元獨佔鰲頭!

1 沿9條虛線壓摺凹下

2 剝開膠帶套入襯紙

4 黏貼膠帶上摺裱褙膠合

3 依照凹線摺、壓襯紙

5 收納完成!

超值豪華收藏盒

玩具總動員

具贈品

不再自卑除斑膏

- 告別惱人的黑斑、橘斑
- 不必遮遮掩掩
- 天然成份不傷毛髮

只要七天
淨白無瑕！

分期 20X6	破盤價120貓幣	只剩8組
老朋友請撥 喵喵喵-喵喵喵喵		新朋友請撥 喵凹喵-喵凹喵凹

我從小就很自卑……

為什麼別人長這樣……

而我長這樣 　　　　我爸長這樣 　　　　我媽長這樣

我妹最慘……

大驚嚇！

後來我才知道，
很多貓咪和我有一樣的困擾……

不要跟我說
這樣很可愛，
不然長在
你臉上試試看！

不再自卑除斑膏

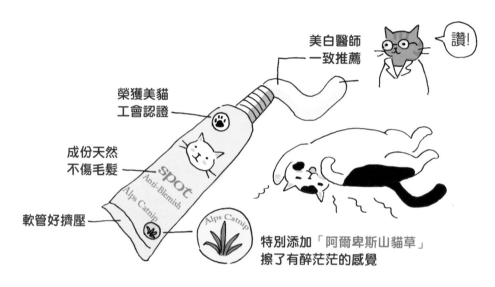

美白醫師
一致推薦

讚!

榮獲美貓
工會認證

成份天然
不傷毛髮

軟管好擠壓

特別添加「阿爾卑斯山貓草」
擦了有醉茫茫的感覺

不論您是…

灰斑　橘斑　大斑　小斑　三色斑

都能夠迅速有效除斑!

第一天

↓

第三天

↓

第五天

↓

第七天

只要七天，立即見效！

偷偷摸摸…

不哭不哭，
爸爸買給妳！　嗚……爸爸我也要

潔白無瑕
宛如新生

使用注意

😺 拜託！這不是化毛膏！

😺 本產品不宜大面積塗抹，如果你
　是黑貓，請不要肖想變成白貓！

用過貓咪一致推薦！

貓咪智慧結晶，
超越人類 *i-phone*！

- 貓餅乾即時通
- 貓咪交友雷達
- 馬殺雞震動模式

贈神氣背袋 | **時尚價3800貓幣** | **不買可惜**

晉升科技一族必備　滿線中，請撥語音專線

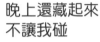

晚上還藏起來
不讓我碰

我家貓奴很瘋一個
黑盒子……

炸彈？
捕鼠器？
魚？
＃％＆＊※

搞得我每天心神不寧

有一天我發現，這個盒子⋯⋯

三更半夜打來幹嘛？
神經病！

踩一下會講話

踩兩下會唱歌

踩三下有球玩

↑
窩在上面很溫暖

偶爾還會按摩

可惡的傢伙！

慘了慘了⋯⋯
留下證據⋯⋯

13

 # Meow-Phone

貓咪科技團隊
拆解i-phone
研發出適合貓咪的
Meow-Phone

任意變換大頭貼 ——

功能表操作容易 ——

—— 肉球觸控超靈敏

😺 背面可當磨爪板

—— 夜光肉球
會變色

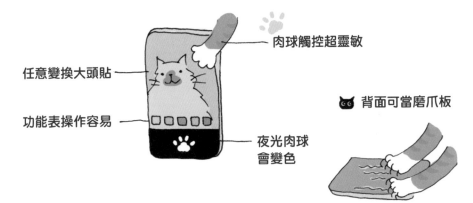

Meow-Phone
操作功能解析

😺 飼料即時通
掌握最新貓餅乾訊息

啤啤!前方 **100**公尺有三色母貓一隻。

😺 貓雷達
是您交友利器

😺 無聊遊戲
抓老鼠、咬蟑螂

😺 震動按摩
三種頻率供選擇

😺 流行音樂
耶誕貓、貓咪之音

買就送神氣背袋

使用注意

O　　X

🐱 使用觸控螢幕，
　 請把貓爪收好！

🐱 這不是真的魚，
　 請勿舔食！

✦ 喵界新貴，貓手一支！
最能彰顯摩登氣質！ ✦

啪啪啪……

本檔最殺 *i-Cat* 貓毛清潔車

你看看！
到處都是你的毛！

自己的毛自己清，
不必看貓奴臉色。

i-Cat 貓毛清潔車
是工具，也是玩具。

- 吸力超強
- 最高時速 **10m**/分
- 享受飆車快感
- 底盤超穩
- 旋轉不會暈車

轉轉轉～

加購價
1599
貓幣

呼嚕……
呼嚕……

我家貓奴很陰險

呼嚕……
呼嚕……

總是趁我睡覺時

喵ㄑㄑㄑㄑ！

一把抓住我

帶我去一個
討厭的地方

19

這是作為一隻貓，最沒有尊嚴的時刻。

哈哈哈！
好像ET喔！

 推薦好東西

洗澡警報器

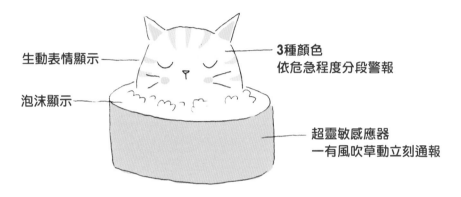

生動表情顯示

泡沫顯示

3種顏色
依危急程度分段警報

超靈敏感應器
一有風吹草動立刻通報

附贈3個感應器，裝在浴室門把、水桶、洗毛精。

綠色1號感應器啟動
危險指數50%

黃色2號感應器啟動
危險指數70%

橘色3號感應器啟動
危險指數100%

隨產品附贈《居家藏匿指南》

棉被
安全指數：🐱🐱🐱
舒適指數：🐱🐱🐱🐱🐱

行李袋
安全指數：🐱🐱🐱🐱
舒適指數：🐱🐱🐱🐱

資源回收桶
安全指數：🐱🐱🐱
舒適指數：🐱🐱

狗屋
安全指數：🐱🐱🐱🐱🐱
舒適指數：🐱🐱🐱
註：請確認你們感情夠好

拍寫，借躲一下！

LUCKY

但我卻有一個不能說的祕密……

長年在外討生活的結果……

噗～噗～

腸胃特別虛弱……

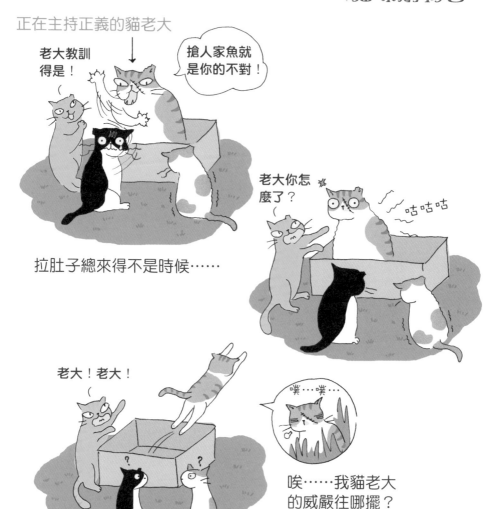

正在主持正義的貓老大

老大教訓得是！

搶人家魚就是你的不對！

老大你怎麼了？

咕咕咕

拉肚子總來得不是時候……

老大！老大！

噗…噗…

唉……我貓老大的威嚴往哪擺？

推薦好東西 行走江湖正露丸

←TNR

請認明

老公仔貓

宮廷祕方　　傳承百年

專為流浪貓設計

平日吃照顧腸胃

危急吃立即解緩

行走江湖正露丸

草本成分不傷肝

顆粒小易吞嚥

每天早晚一顆

腸胃好　毛髮就亮

宛如家貓

本檔最殺 黯然銷魂七味粉

吃膩一成不變的
貓餅乾

銷魂七味粉
味蕾的絕妙體驗

- 深海大魷魚
- 北海道旭蟹
- 加拿大鮭魚
- 冰島鱈魚
- 台灣虱目魚
- 澳洲生蠔
- 法國龍蝦

加購價
79 貓幣

這就是我阿母ㄋㄟㄋㄟ
的味道啊！

只要一點點，
路邊攤變米其林！

好吃到
流淚的滋味

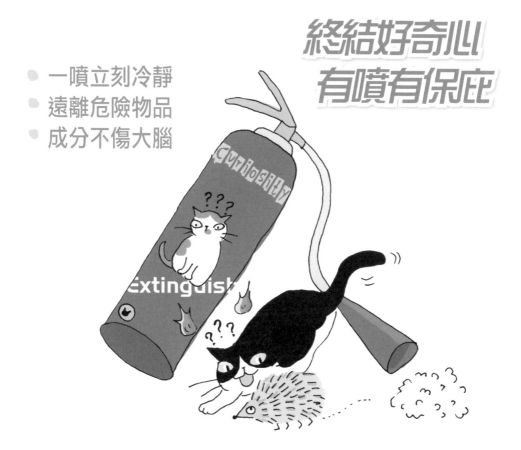

 推薦好東西

好奇心滅火器

很多貓咪來信表示，他們
都有好奇心太重的困擾。

這一罐，徹底解決
您的煩惱。

噴頭操作容易

成分溫和不傷大腦

軟管易調整方向

泡沫溫和
不傷毛髮

貓咪消基會認證

還有隨身瓶

出外跑跳也不怕

35

這什麼怪東西啊？
真無聊！

完·全·冷·靜

使用注意

不可用作泡泡浴

媽媽，我們家是不是很窮？

都吃這種便宜飼料。

嫌便宜就別吃！

小氣鬼惱羞成怒
↓

最喜歡抱你了，
乖乖……

啊！媽媽這裡
有一條魚……

啊！這裡也有一條！

吼！你一定要
這麼老實嗎？

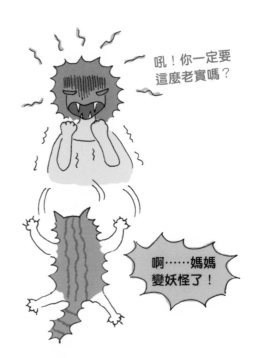

啊……媽媽
變妖怪了！

推薦好東西

甜言蜜語棒棒糖

誠實是貓族美德，卻
不適用在人類身上。

嘴甜一吃見效

使用貓糖
不會變胖

懂得甜言蜜語才
是生存之道！

四種口味吃不膩

秋刀魚　　魷魚　　沙丁魚　　明蝦

老婆，你好瘦喔！

睜眼說瞎話
功力一流

這小孩真會說話。

我的媽媽是全世界
最漂亮的媽媽！

爸爸好有學問，都
看這種書。

真是好孩子。
想吃什麼？
都買給你！

討好人類
無往不利

ㄅㄨㄞ……
ㄅㄨㄞ……

甜言蜜語棒棒糖，讓你成為人見人愛的貓咪！

你要謀殺親貓嗎？

趴著餓……

坐著餓……

睡覺餓……

真不是貓過的日子……

愈吃愈瘦減重丸

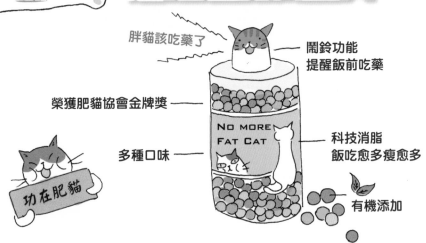

胖貓該吃藥了

鬧鈴功能
提醒飯前吃藥

榮獲肥貓協會金牌獎

科技消脂
飯吃愈多瘦愈多

多種口味

NO MORE
FAT CAT

功在肥貓

有機添加

使用前 *自卑！*

肥貓！
不要再吃了！

12KG

使用後 *自信！*

我終於有腰了！

尾巴都會瘦！

5KG

我都吃這個

紙片貓現身說法

飯吃再多也不怕

朋友,再也不必忍受
難吃的減肥飼料!

 使用注意

 ✕  → →

本產品請搭配
除皺面膜使用

  →

我是一隻很有尊嚴的貓……

只有一個時候……

我會出賣自己的尊嚴……

 不求人開罐器

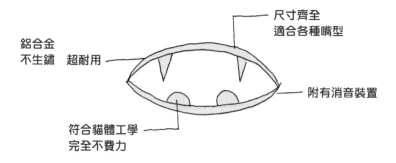

鋁合金
不生鏽　超耐用

尺寸齊全
適合各種嘴型

附有消音裝置

符合貓體工學
完全不費力

裝設容易

操作簡單

輕鬆開啟

小貓簡易型

成貓標準型

老貓加強型

使用注意 1

好臭！

務必學會
辨識貓罐頭

看清楚再開
以免白費力氣

蜜鳳梨

花瓜

玉筍

珍菇

！

麵筋

噁……

蔭瓜

玉米

使用注意2

務必確認貓奴已熟睡再下手，
本公司不負責精神損失賠償。

吼！抓到了！

以後再也不買罐頭！

老是挨罵……

還是忍不住
要抓～

有了「磨來磨去爪無痕」，
再也不必控制您的磨爪欲……

加購價
159
貓幣

啪啪啪……

抓到稀巴爛……

這真是太
神奇了～

✦ ✧ 一噴了無痕！ ✦ ✧

貓咪心情顯示器

心情好不好，
看尾巴就知道！

用了心情顯示器，我們
跟貓奴的感情變好了！

- 適合各種尾形
- 八種表情顯示
- 外出最佳裝飾

改善生活品質 | **體驗價499貓幣** | **花色任選**

台灣製造公司貨　下殺回饋　買到賺到

書上說，人類是
萬物之靈……

我卻覺得他們笨得
一點也不靈……

大哥心情不好，閃遠一點……

舉例來說，連人家心情
好不好都搞不清楚！

來玩嘛～

被母貓甩了……

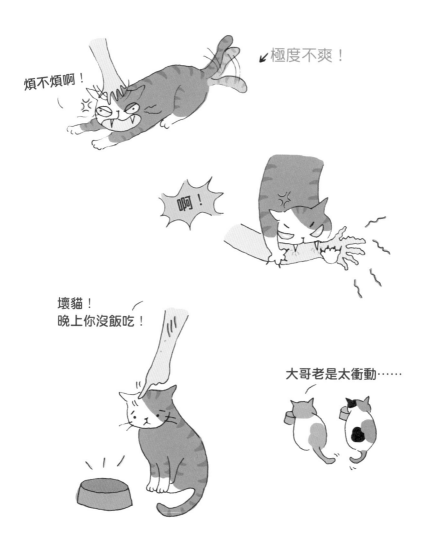

 # 貓咪心情顯示器

套住尾巴尖端

心情傳導迅速
8種表情變化

伸縮口徑
適合各種尾形

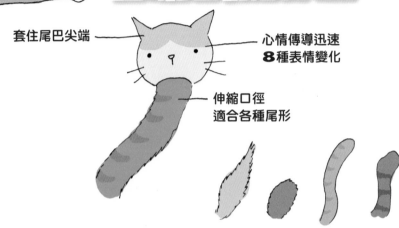

8種表情顯示

煩　　　　很煩　　　　怒　　　　很怒（想咬人）

High　　　**超High**　　　放空中　　　想睡覺

重量僅10克，
尾巴無負擔。

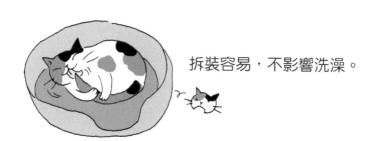

拆裝容易，不影響洗澡。

外出散步，成為
您最炫裝飾！

😺 真貓實證

ㄜ……還是不要惹他。

自從用了這個產品，我家貓奴不再白目……

今天心情這麼好呀！

啪啪啪……
用力打也沒關係！

我和貓奴的感情更融洽了。

還等什麼？
快幫你家的笨貓奴買一個！

自動扒砂貓爪

輕鬆上廁所，
不怕髒貓手！

- 紅外線偵測自動扒砂
- 語音呼叫貓奴清廁所
- 自動噴出芳香劑

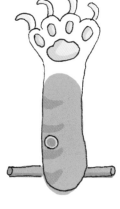

團購有優惠	清新價999貓幣	懶貓必買

貓咪也瘋狂，徵求試用體驗貓咪　請速電：喵凹喵-喵凹喵凹

模範好貓第一條……

「嗯嗯」要蓋好！

但我是愛乾淨的貓……

粉嫩無敵貓手

「嗯」完只想趕快跑！

室友討厭我……

朋友排擠我……

推薦好東西 # 自動扒砂貓爪

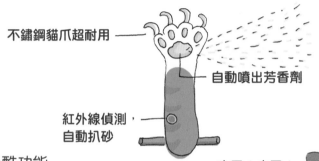

不鏽鋼貓爪超耐用 ——

自動噴出芳香劑

紅外線偵測，
自動扒砂

最酷功能
自動語音呼叫系統

來了！來了！

貓奴才！
快點來清貓砂！

各種花色陸續推出⋯⋯
本公司亦提供客製化服務。

前面的快點啦！便秘喔……

噗……噗……

貓咪排隊試用，佳評如潮！

好厲害啊！

果然是好東西

動作迅速確實

貓奴才，
快點來清貓砂！

耶！
我要買～

呵呵……
好過癮……

使用注意

purr… purr…

不要拿來抓癢，不衛生！

本檔最殺 貓奴遙控器

叫半天，貓奴都不來，
別白費力氣了！

喵喵喵……
肚子餓……

加購價
999
貓幣

貓奴遙控器在手，掌握貓奴真輕鬆！

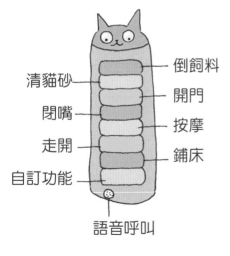

倒飼料
開門
按摩
鋪床

清貓砂
閉嘴
走開
自訂功能

語音呼叫

嗶！按摩！

11月主打

家貓外出GPS

快樂出門，平安回家！

- 安全路線規畫
- 美食資訊齊全
- 遠離惡犬壞貓

藍白黑3種顏色	安心價1599貓幣	只剩8組

採用Coocle Map　　資訊更新迅速　　準確度超高

每天早上10點，
是我最愉快的溜達時間⋯⋯

媽媽說，只能在庭院探險，
外面的世界太危險⋯⋯

可是……
外面世界看起來好好玩……

我決定溜出去探險，卻遇上
剛溜達回來的鄰居牛牛……

他說，外面很好玩，
也很可怕……

唉……
看他的臉就知道了。

推薦好東西

家貓外出GPS

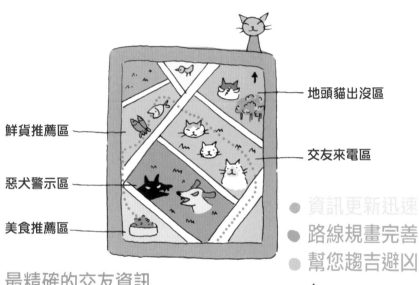

地頭貓出沒區

鮮貨推薦區

交友來電區

惡犬警示區

美食推薦區

● 資訊更新迅速
● 路線規畫完善
● 幫您趨吉避凶

● 最精確的交友資訊

14:00～16:00
貓界林志玲
花貓公園散步

09:30～12:00
貓界金城武
師大路出沒

● 最詳盡的美食快報

前方150公尺
貓餅乾吃到飽

右轉50公尺
鮮魚攤吃到飽

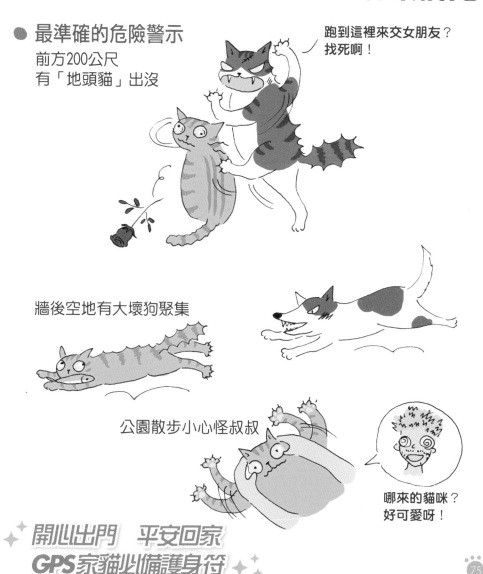

● 最準確的危險警示
前方200公尺
有「地頭貓」出沒

跑到這裡來交女朋友？
找死啊！

牆後空地有大壞狗聚集

公園散步小心怪叔叔

哪來的貓咪？
好可愛呀！

開心出門　平安回家
GPS家貓必備護身符

貓奴總是不了解貓咪
對箱子的需求……

 推薦好東西 「貓寶」豪宅

專為貓咪設計的豪宅

頂級住宅
我選「貓寶」

可升降隱私蓋

尺寸量身訂製

恆溫控制
冬暖夏涼

耐抓不起屑

房型款式眾多

● 時尚蛋形

● 經典方形

● 潮流桶形

● 一貓獨享房

● 雙貓甜蜜房

● 溫馨親子房

● 配備安全警衛系統

不怕貓仔入侵！

偷睡一下……

你不是我主人，滾開！

防止狗仔偷拍！

醜照絕不外流！

提醒放飯鬧鈴功能

他還在睡，
快拿過來吃！

偷偷摸摸……

快起床！
有人偷吃你的飯！

推薦創意用法

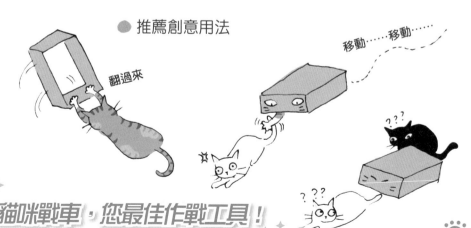

翻過來

移動……移動……

？？？

？？？

貓咪戰車，您最佳作戰工具！

本檔最殺 液晶電視睡翻天

重拾貓咪就該睡電視的尊嚴！

- 各款電視都適用
- 科技材質　冬暖夏涼
- 舒適如置身雲端

好想上去
擠一擠……

加購價
899
貓幣

專利發明
仿章魚腳吸盤
吸附力超強

貓頭腦

貓族之光

本產品榮獲「貓頭腦」金獎

2010年轟動貓咪界
最具爭議性的一本書

説貓的壞話
瘋狂再刷上市

貓奴人手一本
全球貓咪舉牌抗議

啪噠……
啪噠……

壞傢伙，
又被我逮到！

又被我抓到！

啪！

好過癮啊⋯⋯

 推薦好東西

隨心所欲隱形罩

穿戴上身  立即隱形

● 抓不破　　● 好收納　　● 材質軟

隨身體伸縮自如

攻擊敵人最佳配備

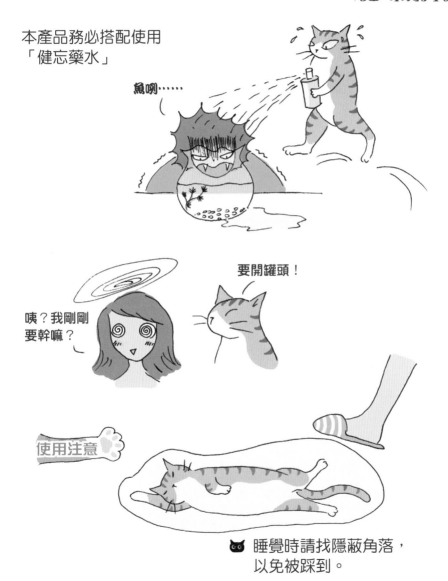

本產品務必搭配使用
「健忘藥水」

魚咧……

要開罐頭！

咦?我剛剛
要幹嘛?

使用注意

睡覺時請找隱蔽角落,
以免被踩到。

本檔最殺 **貓咪行動記錄器**

不要狡辯，
就是你！

→ 背黑鍋

貓咪行動記錄器，
還原現場真相！

搞得我也不能
做壞事……

夜視功能
現場收音

高畫質廣角攝影

跟著我幹
嘛？

還不逮
到你！

TNR 小檔案

TNR是英文trap（捕捉）、neuter（結紮）、release（放養）的縮寫，是現今唯一經證實能有效控制街貓數量的辦法。做法是盡可能把一個群落的貓全部捕捉，施以結紮手術後原地放養。結紮的貓以剪去耳朵一角為標記，原地放養由愛心照顧者繼續提供食物及照顧，並觀察、記錄。

客服中心

請來電：喵嗚嗚嗚～喵嗚嗚嗚

我從小就被叫「黑面秀」，搞什麼嘛？我又不是賣楊桃汁的！請問除斑膏灰貓可以用嗎？

安福里・秀秀

我的腮毛有「鰲拜」之稱，雖然威風八面，吃飯卻常卡到，有沒有抑制毛髮生長的產品呢？

後山埤・黃頭

磨爪復原噴霧，我給它按10個讚！把沙發抓爛的感覺太High啦！

泰順街・麥可

偶的肚子白白的，都被嘲笑像穿一件內褲，有沒有賣染毛膏？偶想當一隻純正的黑貓。

中壢・布雷克

我是公的，卻有一個很「娘」的名字，和瘦弱的體格，有沒有賣「轉大貓大補丸」？我想變強壯的公貓。

山通路・妞妞

感謝愈吃愈瘦減重丸！讓我再不必節制食欲，初次嘗到「有腰」的喜悅！

嘉義市・小毛球

ㄜ……我忘記我打來要幹嘛了，我想一下喔……

喂～喂～我阿嬤是要問有沒有賣「健腦丸」啦？

信義區・毛毛／點點

喂～喂～你們家洗澡警報器亂叫一通，搞得我每天神經ㄅㄅ，我要退貨！

樸仔腳・阿咪

我是我家的模範貓咪，我都用隨心所欲隱形罩，耍壞貓奴抓不到！

桃園・貝果

我家貓奴叫我打來問，有沒有控制貓咪亂尿尿的產品？噓⋯⋯很丟臉⋯⋯不要跟別人講喔！

台中・派克

我常被我的莽夫室友家暴，請幫我轉接婦女防暴中心好嗎？

五分埔・LUNA

請問⋯⋯那個⋯⋯那個愈吃愈瘦減重丸，狗吃也有效嗎？是我朋友小胖要吃的，不是我要的啦！

朴子・黑黑

被暗算了⋯⋯

我們是三喵合唱團，最近要發片，來打個歌：喵凹～喵嗚～咪喵凹凹嗚～喵喵～凹凹喵⋯⋯ Kiki / 小秀 / 小白臉

自從買了貓寶雙層小豪宅，我們
再不必跟貓奴擠一張床了！

木柵・咪&發

我家貓奴經營貓咪招待所、貓咪
坐月子中心，歡迎流浪貓樓頂揪
樓下，通通免費喔！

新莊・綠油精&白帥帥

請幫我訂做一個米格魯專用，冰
箱都能開的「不求人開罐器」。

LUCKY

我叫吉利，長得白胖又帥，很會唱歌。
徵求女朋友一名，等你來電喔！

牛挑灣・吉利

我家貓奴有怪癖，沒事就給我戴假
髮、穿怪衣服，很蠢！請問有賣瀉藥
嗎？該是我反擊的時候了！　　何小芬

貓咪購物台 版權頁

作　　者　　貓小姐（「貓小姐的光陰筆記」http://blog.udn.com/wyt1219）
企畫選書／責任編輯　陳妍妏
美術編輯／封面設計　劉曜徵
總 編 輯　　謝宜英
社　　長　　陳穎青
出 版 者　　貓頭鷹出版
發 行 人　　涂玉雲
發　　行　　英屬蓋曼群島商家庭傳媒股份有限公司城邦分公司
　　　　　　104台北市民生東路二段141號2樓
　　　　　　劃撥帳號：19863813；戶名：書虫股份有限公司
城邦讀書花園：www.cite.com.tw 購書服務信箱：service@readingclub.com.tw
購書服務專線：02-25007718～9（週一至週五上午09:30-12:00；下午13:30-17:00）
24小時傳真專線：02-25001990；25001991
香港發行所　　城邦（香港）出版集團
　　　　　　　電話：852-25086231／傳真：852-25789337
馬新發行所　　城邦（馬新）出版集團
　　　　　　　電話：603-90563833／傳真：603-9056283
印 製 廠　　五洲彩色製版印刷股份有限公司
初　　版　　2011年5月
定　　價　　新台幣220元／港幣73元
I S B N　　978-986-120-710-0

讀者意見信箱　　owl@cph.com.tw
貓頭鷹知識網　　www.owls.tw
歡迎上網訂購；大量團購請洽專線(02)2500-7696轉2729

國家圖書館出版品預行編目資料

貓咪購物臺 / 貓小姐作. -- 初版. --
臺北市：貓頭鷹出版：家庭傳媒城邦分公司
發行, 2011.05
　　面；　公分
ISBN 978-986-120-710-0（平裝）

855　　　　　　　　　　　　　100004633